AF203032

Rolf Horst

Der Strauß des Todes

Carmen Siebert ist auf den Hund gekommen und ist sehr froh über diese Erfahrung. Ihre Nachbarin, eine Ärztin, konnte kurzfristig keinen Hundesitter auftreiben und hatte Carmen gebeten, sich für ein paar Tage um die Hündin Vilma zu kümmern, da sie selbst aufgrund mehrerer Notoperationen nicht zu Hause sein konnte. Carmen fand Gefallen daran und überlegte sich ernsthaft, ob ein Hund nicht auch etwas für sie als Autistin wäre.

Aber dann stirbt eine junge Frau in einem Studentenwohnheim durch Fremdeinwirkung und Carmen muss feststellen, dass es gar nicht so einfach ist Arbeit, Freizeit und ein junges Hundemädchen unter einen Hut zu bringen.

Rolf Horst

Der Strauß des Todes

Kriminalroman

Der Autor: Rolf Horst wurde 1960 in Bremen geboren. Er lebt mit seiner Ehefrau einer Hündin und der Katze, die beide aus dem Tierschutz kommen, in einer norddeutschen Kleinstadt. Nieke Horst, heute 60, ist Asperger Autistin, studierte Germanistik, Französisch, Erwachsenenpädagogik und Sport, übte viele Jahre japanisches Rinzai-Zen nebst Klosteraufenthalt in Japan und entwickelte daraus mit ihrem Mann ihre Lebensform der Stille, Schlichtheit und Struktur, die es ihr möglich macht, am Rande einer gehetzten, ignoranten NT-Gesellschaft zufrieden zu leben.. Ihr Buch „Böse Essays" ist im Januar 2024 bei tradition erschienen. Seit Kurzem ist ihr neues Buch „Autistische Essays – Gedanken eine alten Autistin" bei tradition und im Buchhandel erhältlich.

© 2025 Rolf Horst - rolfhorst1@freenet.de

ISBN Softcover: 978-3-384-47825-2
ISBN Hardcover: 978-3-384-47826-9
ISBN E-Book: 978-3-384-47827-6

Druck und Distribution im Auftrag des Autors:

tradition GmbH, Heinz-Beusen-Stieg 5, 22926 Ahrensburg, Germany.

Namen und Tätigkeiten der Personen:

Bernadette Pohlmann: Jüngste Kriminalinspektorin und Leiterin der Mordkommission

Carmen Siebert: Kriminalhauptkommissarin (KHK), hochfunktionale Autistin, zusätzlich hat sie eine posttraumatische Belastungsstörung. Seit Kurzem im Innendienst tätig

Peter Weigand: KHK – Dienstältester Kollege von Carmen und sehr erfahrener Kriminalist

Lars Wessels: Kriminaloberkommissar (KOK), zusammen mit Bernadette neu im Team

Uschi Lerbs: Kriminaloberrätin, Polizeichefin
Dietmar Bernd Kommissar (KOM) – IT-Spezialist. Er hat mit Carmen den Dienst getauscht

Gesine Pieskowa – Rechtsmedizinerin
Klaus Meinert: Spurensicherung und Forensik

Carola Berger: Ärztin, Nachbarin von Carmen

Vilma: Mischlingshundedame

Carmen war schon um fünf Uhr aufgestanden und hatte sich einen starken Kaffee gekocht. Sie hatte eine vierbeinige Einquartierung und wollte noch rechtzeitig vor der Arbeit mit Vilma, einer Langhaar-Podenco-Terrier-Mischlingshündin, Gassigehen. Die Hündin gehörte ihrer Nachbarin Carola, die als Ärztin an einer städtischen Klinik arbeitete. Aufgrund von krankheitsbedingten Personalausfällen und anstehenden Operationen musste Carola mehrere Schichten hintereinander arbeiten. Als dann auch noch aufgrund eines schweren Unfalls einige Notoperationen anstanden, übernachtete Carola im Klinikum.

Carmen hatte einen Zweitschlüssel für die Wohnung und Vilma schon am Vorabend zu sich geholt. Gegen zweiundzwanzig Uhr machten die beiden die letzte Gassirunde und Carmen gefiel dieser abendliche Spaziergang so gut, dass sie ihn auf eine Stunde ausdehnte. Die frische Luft und dieses lebensfrohe Wesen, das die Nase überhaupt nicht vom Boden wegbekam, ließen sie regelrecht aufleben. So gut hatte sie schon lange nicht mehr geschlafen. Vilma kam in die Küche gelaufen und stupste mit ihrer schwarzen, glänzenden Nase an Carmens Bein, sie wollte oder besser sie musste jetzt dringend vor die Tür. Also nahm Carmen das Hundegeschirr und die Leine und schon ging es los.

Sie trat an diesem Novembermorgen um sechs Uhr mit der Hündin vor das Haus in die Dunkelheit des werdenden Tages. Unter ihren Schritten in den warmen Wanderstiefeln knackten die vom ersten Bodenfrost gefrorenen Grashalme. Sie gingen zur hinteren Gartenpforte, um das Grundstück in Richtung des nahegelegenen Parks zu verlassen.

Dann erfolgte der Schritt durch die Gartenpforte in eine atemberaubende Stille hinein. Es war so ruhig hier draußen, dass man die Stille förmlich hören konnte. Carmen war das in ihrem hektischen Umfeld noch nie aufgefallen. Sie blieb einen Moment lang stehen und auch Vilma rührte sich nicht. Während die Hündin anschließend mit ihren abertausenden Geruchsrezeptoren jeden Quadratzentimeter des Bodens nach interessanten Neuigkeiten scannte, lauschte Carmen in die Stille hinein. Sie hörte, wie sich weit über ihnen ein Blattstiel mit einem leisen, kaum wahrnehmbaren Knacken vom Ast löste und das herbstlich verfärbte Blatt leise säuselnd herunterschwebte und auf einem frostig knisternden Wall ehemaliger Gefährten landete. Carmen bekam eine Gänsehaut. So etwas hatte sie noch nie erlebt.

Auch hörte sie zum ersten Mal nicht einfach nur Vogelgezwitscher, sondern konnte den Unterschied zwischen dem Piepsen der Meisen und dem der Rotkehlchen wahrnehmen. Sie lauschte dem melodiösen Gesang einer Amsel und bemerkte, dass das rastlose Klopfen nicht von einem Specht, sondern von einem Kleiber kam, der sich an einem Baumstamm herauf und wieder herunter arbeitete.

Am liebsten wäre Carmen gar nicht wieder ins Haus gegangen. Aber Vilma wollte, nachdem sie ihre Geschäfte erledigt hatte, unbedingt zurück, denn jetzt bekam sie ihr Futter. Allerdings musste sie sich noch einen Moment gedulden, da Carmen erst Vilmas Hinterlassenschaft einsammeln und im Mülleimer entsorgen musste.

Vilma war einer der wenigen Hunde, vor denen Carmen keine Angst hatte. Eigentlich hatte sie mehr Angst vor den Haltern. Es gab leider diese Hundebesitzer, die zwar keine Ahnung hatten, aber ihre Hunde unangeleint herumlaufen ließen und dabei nach Möglichkeit den Blick nur auf ihr Smartphone richteten und nichts von dem mitbekamen, was ihre Tiere in der Zwischenzeit anstellten.

Und dann gab es diese, wie den Friseur in Carmens Nachbarschaft: Der Hund hörte überhaupt nicht auf sein Herrchen. Selbiges schrie immer nur mit dem Tier herum, ließ ihn aber an einer Schleppleine laufen, ohne Kontrolle darüber zu haben.

Wenn Carmen morgens am Joggen war, lief ihr der Hund oft genug im Weg herum, ohne das sein Herrchen ihn zurückgerufen hat.
Daraufhin verlegte Carmen ihre Joggingrunde vor und lief eine Stunde früher los.

Das schien der Friseur aber registriert zu haben, denn schon einen Tag später ging er zur selben Zeit mit seinem Hund. Als Carmen von ihrer Runde zurückkam, stellte er sich ihr mit seinem Tier in den Weg und blieb dort einfach stehen, während Carmen auf der Stelle lief.

Ein „Überholen" war ihr nicht möglich. Schließlich schrie sie den Nachbarn an und beschimpfte ihn. Das war ihm offensichtlich so unangenehm, dass er sofort das Feld räumte.

Da Carmen jetzt im Innendienst tätig war, konnte sie Vilma mit auf die Dienststelle nehmen. Das weckte natürlich das Interesse aller anderen dort Tätigen und Carmen musste sich leider nicht nur nette Ansprachen für die hübsche Hundedame anhören. „Du solltest dir endlich einen Mann suchen, ein Hund wird deinen Ansprüchen doch gar nicht gerecht." So und ähnlich klangen die eher anzüglichen Bemerkungen männlicher Kollegen.

Im Büro der Mordkommission war das zum Glück anders. Alle hießen Vilma willkommen und so viele Streicheleinheiten auf einmal, das war selbst ihr zu viel. Sie zog sich auf ihre Lieblingsdecke zurück, die Carmen mitgebracht und unter ihren Schreibtisch gelegt hatte.

Lars Wessels holte erst einmal eine Schale voll Wasser und Dietmar Bernd kramte in seiner übervollen Schreibtischschublade nach etwas zum Spielen. Peter Weigand brachte Carmen einen frischen Kaffee und alle wollten wissen, was es mit der lebhaften Hundedame auf sich hatte.

Während Vilma sich auf ihrer Decke einrollte und erst einmal schlief, erzählte Carmen von ihrer Nachbarin und deren momentanen Stress als OP-Ärztin. Aber sie schwärmte auch von ihrem morgendlichen Erlebnis und von der Idee, sich einen eigenen Hund zuzulegen.

Das Studentenwohnheim auf dem Gelände der Universität glich einem riesigen Ameisenhaufen. Überall auf den Fluren und in den Treppenhäusern bewegten sich unzählige, farbenfrohe Gestalten und alle liefen scheinbar in dieselbe Richtung – dem Ausgang entgegen. Ab und zu blieben einzelne stehen und tauschten Informationen aus, dann ging wieder jeder seines Weges.

Einmal im Jahr verließ eine größere Gruppe diesen gigantischen Ameisenhaufen, so wie in der Natur, wo die geschlechtsreifen Tiere den Haufen fliegend verlassen, um sich zu paaren. Allerdings sterben die männlichen Ameisen danach, während die Weiblichen neue Völker gründen.

Bei den Menschen in diesem Ameisenstaat ähnlichen Gebilde waren es diejenigen, die ihr

Studium abgeschlossen hatten und sich ihrer neuen Aufgabe widmeten.

„Ella!" Britta hatte ihr Zimmer verlassen und rief nach ihrer Kommilitonin, die auf dem Flur das Zimmer neben ihr bewohnte.
Stefanie, ebenfalls im selben Studiengang, schloss gerade ihre Tür ab und drehte sich mit rollenden Augen zu Britta um.

„Na, ist unsere Ella vor dem Schminktisch eingeschlafen?" Sie lachte laut los und schlug Britta auf die Schulter. Beide sahen zu Ellas Zimmertür, die nur angelehnt war und sich etwas bewegte.

Ella hieß eigentlich Elaine und war eine dunkelhaarige Schönheit mit Mandelaugen und einem Teint, der wie Tautropfen auf einem Seidentuch wirkte. Ihre Mutter kam von den Philippinen und von ihr hatte Ella das exotische Aussehen.

„Ella, beeil dich. Wir kommen deinetwegen noch zu spät zur Vorlesung." Britta war jetzt etwas ärgerlich, was ihrer Tonlage deutlich zu entnehmen war, und stieß mit dem Fuß die Tür zu Ellas Räumen auf.

Der gellende Schrei, den Britta ausstieß, als sie Ella blutüberströmt am Boden liegen sah, war im ganzen Studentenwohnheim zu hören und brachte den regen Verkehrsfluss in diesem menschlichen Ameisenhaufen zum Erliegen.

Steffi, wie Stefanie meistens genannt wurde, stand so dicht hinter Britta, dass sie diese auffangen konnte, bevor sie zu Boden stürzte.

Die Polizeichefin Uschi Lerbs betrat das Büro der Mordkommission und sah in die Runde.
„Guten Morgen, meine Dame, meine Herren."
Bevor sie weiterreden konnte, hob Vilma den Kopf und jaulte auf, so als ob sie sagen wollte: »Und was ist mit mir?«

Frau Lerbs trat an Carmens Schreibtisch heran und hockte sich vor Vilma hin.
„Was bist du denn für eine Schönheit und wie darf man dich anreden?" Alle sahen erstaunt ihre Chefin an. „Ich habe selbst einen Hund, einen kleinen Mischling aus dem Tierschutz."

„Das ist die Vilma, sie gehört einer Nachbarin von mir." Carmen sah die Polizeichefin entschuldigend an. „Sie haben sicherlich von diesem schlimmen Autounfall gehört, nein meine

Nachbarin ist nur indirekt betroffen. Sie ist Ärztin und musste die ganze Nacht operieren."

Frau Lerbs stand wieder auf, drehte sich um und nickte Carmen freundlich zu.
„Frau Pohlmann hat sich für heute krankgemeldet. Leider gibt es einen Todesfall im Studentenwohnheim bei der Uni, und zwar durch Fremdeinwirkung. Gerichtsmedizin und KTU sind schon vor Ort. Herr Weigand, sie als dienstältester hier übernehmen bis auf Weiteres die Leitung der Abteilung. Also, was er sagt, das wird gemacht. An die Arbeit."

Peter reagierte sofort: „Dietmar, du fährst mit Lars und Carmen, du kommst mit mir."
Carmen schüttelte den Kopf. „Ich habe Innendienst und außerdem …", weiter kam sie nicht, denn Frau Lerbs schaltete sich ein.

„Keine Sorge Carmen, um Vilma kümmere ich mich. Fahren sie nur alle los." Sie drehte sich zu der Hundedame um und rief: „Los Vilma, komm.", und Vilma stand auf und trottete fröhlich hinterher.

„Warum soll ich unbedingt mitkommen?" Carmen war über die Anweisung von Peter irritiert. Er wusste doch genau, dass sie gemäß dem psychologischen Gutachten nur Innendienst tauglich war.

„Was willst du drinnen hocken, da fällt dir doch nur die Decke auf den Kopf! Ich brauche dich am Tatort …, weil du die Beste bist." Peter wollte auf Carmen und ihre unglaubliche Intuition nicht verzichten. Carmen schüttelte den Kopf und boxte ihn mit ihrer Faust.
„Was ist das eigentlich mit dir und Bernadette? Geht da was? Wenn sie dich ansieht bekommen ihre Augen immer so einen besonderen Glanz." Carmen überwand ihre Abneigung gegen Smalltalk und war selbst überrascht.

„Höre ich da etwa Eifersucht aus deiner Stimme?" Peter wusste genau, womit er Carmen ärgern konnte. „Du hast deine Chance bei mir gehabt und sie nicht ergriffen." Stellte er sachlich fest.

„Das ist keine Eifersucht sondern ehrliche Mitfreude. So etwas gibt es heute gar nicht mehr." Carmen freute sich wirklich für Peter, denn Bernadette war eine ehrliche Frau und eine natürliche Schönheit. Außerdem war sie auch ein paar Jahre jünger als Carmen.

Als sie beim Campus ankamen, fiel ihnen sofort die große Menschenmenge auf, die in mehreren langen Reihen hintereinander standen. Bei jeder Reihe standen mindestens zwei uniformierte PolizeibeamtInnen.

Peter Weigand ging auf eine jüngere Beamtin zu, die ihr langes, blondes Haar zu einem Pferdeschwanz gebunden hatte und offenbar hier die Anweisungen gab. Er fragte sie nach dem Grund für diese Aufstellung.

„Wir haben alle Anwesenden nach Etagen, Fluren und Zimmernummern sortiert. Jetzt nehmen wir die Namen und Adressen auf und alle, die nicht auf dem Flur wohnen, wo die Tat stattgefunden hat, die können dann weiter zu ihren Vorlesungen." Die Polizistin war richtig stolz auf ihre Vorgehensweise und als Peter Weigand diese als »Vorbildlich« lobte und sie nach ihrem Namen fragte, da strahlte sie über das ganze Gesicht.

Carmen verzichtete auf das Fahrstuhlfahren und stieg lieber die Treppe hinauf. Was sie beeindruckte, das waren die Flure in diesem StudentInnenwohnheim. Auf jeder Etage waren sie in einer anderen, warmen Farbe gestrichen und die Zimmernummern in einer korrespondierenden Farbe neben den Türen aufgemalt.

Es liefen noch immer Menschen im Gebäude herum. Einige, die erst später zu Vorlesungen mussten, hielten sich in ihren Zimmern auf. Carmen als hochfunktionale Autistin verfügte über keinerlei Filter was Geräusche, Lärm, Gerüche, Lichter und einiges mehr anbelangte. Die Musik, die aus den Zimmern kam und für neurotypische Menschen irgendwo im Hintergrund lief, kam bei Carmen ungefiltert und in einer unvorstellbaren Lautstärke an. Da vermischten sich Schlager, Popmusik und das Weihnachtsoratorium von Bach zu einem Klangchaos, das an Tinnitus in Form einer dröhnenden Maschinenhalle erinnerte.

Dazu kamen die unterschiedlichsten Düfte: Schweißabsonderungen aller Art, Duschgels in allen möglichen Varianten, Deos, Aftershave und Parfums von blumig bis holzig führten bei Carmen zu einer Reizüberflutung – einem Overload.

Als sie im vierten Stock ankam war sie so angeschlagen, dass sie sich übergeben musste. Gesine Pieskowa, die Rechtsmedizinerin und eine alte Freundin von Carmen, ließ von der Leiche ab und kümmerte sich erst einmal um die Kollegin von der Mordkommission.

Dr. Pieskowa ging auf den Flur hinaus und betrat das Zimmer von Britta, die dort aufgrund ihres Schocks, zusammen mit Steffi vom Rettungsdienst und einem Notarzt versorgt wurden. Die Gerichtsmedizinerin bat den Rettungsmediziner, sich um die angeschlagene Kollegin nebenan zu kümmern.

Das tat er, indem er ihr eine Beruhigungsspritze mit einem Arzneistoff aus der Gruppe der Benzodiazepine verabreichte. Es dauerte einige Minuten, aber dann war Carmen wieder einsatzbereit.

Klaus Meinert von der Spurensicherung wedelte mit einer Plastiktüte vor Peter Weigand herum. In dieser Tüte befand sich ein Herrenstofftaschentuch, dass er unter dem Schuhregal neben der Leiche gefunden hatte.

Carmen konnte sich jetzt endlich selbst die Tote ansehen. Diese war von hinten mit einer Schere niedergestochen worden. Nach Auskunft von Gesine musste der Stoß mit einer enormen Kraft ausgeführt worden sein, da er durch die Rippen direkt ins Herz getroffen hatte.

Dietmar Bernd war gleich nach dem Eintreffen beim Hauswart geblieben und hatte dort nach Überwachungskameras gefragt. Er sichtete bereits das zur Verfügung gestellte Material und zog währenddessen Kopien auf einen mitgebrachten USB-Stick.

Lars Wessels hatte mit der Befragung der anderen BewohnerInnen des Flures angefangen.

Carmen sah sich in der kleinen Wohnung um, die aus einem Zimmer, einem Bad und einer kleinen Kochnische bestand. Ihr fiel sofort der frische Blumenstrauß auf, der auf dem Tisch stand.

Sie fragte jemanden von der Spurensicherung, ob das Blumenpapier gefunden worden war und ob darauf das Geschäft, in dem jemand diesen Strauß gekauft hatte, zu erkennen sei.

Die Kollegin drückte ihr eine Plastiktüte mit dem Papier in die Hand. Es handelte sich um einen Blumenladen, der nur zwei Straßen entfernt war.

Carmen machte sich gleich auf den Weg. Sie war froh, diesem Chaos von Stimmen, Geräuschen, Gerüchen und Menschen entkommen zu sein. Die frische Luft tat ihr gut und sie dachte sofort an ihre beiden Gänge mit Vilma.

Dieses fröhliche Hundemädchen tat ihr ebenfalls gut. Wieder überlegte Carmen, ob sie sich selbst einen Hund zulegen oder sich lieber langfristig um Vilma kümmern sollte. Dann brauchte ihr Frauchen keinen Hundesitter mehr zu bezahlen und sie selbst hatte von Zeit zu Zeit etwas Abwechslung. Ja, das war wohl die beste Idee, damit umzugehen.

Zehn Minuten später betrat Carmen einen urigen Blumenladen. Der entsprach keinem dieser herkömmlichen Läden mit fertigen Sträußen, einem Tresen mit verschiedenen Klappkarten und Verpackungspapier darauf.

Carmen hatte das Gefühl in eine warme Höhle eingetreten zu sein. Die Beleuchtung war ein wenig dämmrig. In einer Ecke hingen getrocknete Kräuter von der Decke, hier sah es aus, wie in einem kleinen Hexenhaus.

In einer andern Seite des Raumes standen verschiedene große Palmen. Hier war ein kleiner Sandstrand angelegt und ein felsiger Springbrunnen sorgte für die richtige Atmosphäre.

Natürlich gab es auch frische Blumen. Sie waren so aufgebaut, das zueinanderpassende nebeneinander angeordnet waren. Irgendwie wirkte das ganze Geschäft beruhigend auf Carmen.

Eine junge Frau kam aus den hinteren Räumen und begrüßte sie freundlich. Sie fragte Carmen, womit sie ihr behilflich sein könne und diese holte ihr Handy aus der Tasche und zeigte der Bedienung ein Foto von dem Blumenstrauß.

Dann fragte Carmen, ob sie alleine im Geschäft tätig sei und sich an den Käufer oder die Käuferin erinnern könne?

„Ja, den jungen Mann habe ich selbst bedient. Er war sehr aufgeregt, konnte aber eine genaue Beschreibung dessen abgeben, was er als Strauß erwartete." Die Verkäuferin lächelte Carmen an.

„Können sie den Mann beschreiben?" Carmen zog ihren Dienstausweis aus der Tasche und die junge Frau wurde ganz blass. Sie fragte, ob etwas passiert sei oder welchen Grund es gäbe, dass die Polizei sich sowohl für den Strauß als auch für den Käufer interessiere? Carmen erzählte ihr von einem Übergriff auf eine Studentin und das sie in diesem Fall ermittelt.

Die Blumenverkäuferin versuchte den Mann so genau wie möglich zu beschreiben. Jede Kleinigkeit die ihr an ihm, seiner Kleidung, der Ausdrucksweise und an seinen Gesten aufgefallen war. Die Ausführlichkeit beeindruckte Carmen und während sie sich bei der jungen Frau bedankte und das Geschäft verließ, dachte sie darüber nach, ob diese Blumenverkäuferin auch Autistin sei.

Als sie wieder am Campus ankam, wurde die Tote gerade zur Rechtsmedizin abtransportiert. Lars und Peter waren noch mit Zeugenvernehmungen beschäftigt, nur Dietmar wollte mit dem Material aus den Überwachungskameras zurück in die Dienststelle. Carmen fuhr mit ihm mit.

„Du musst dir unbedingt einmal ein paar Videos anschauen, die unser Opfer ins Netz gestellt hat." Dietmar drückte Carmen sein Handy in die Hand. Er hatte alles schon vorbereitet, sodass Carmen die Videos nur noch starten musste.

Da waren junge Männer zu sehen, die sich vor einer Frau zum Affen machten. Bei der Frau handelte es sich eindeutig um das Mordopfer. Sie forderte die Männer in den einzelnen Beiträgen immer wieder auf, ihr die ewige Liebe zu schwören.
Dabei demütigte sie diese auf geradezu perverse Art und Weise und gab sie dann im Netz der Lächerlichkeit preis.

Die aktuellste Aufnahme zeigte einen jungen Mann, Anfang zwanzig, auf den die Beschreibung der Blumenverkäuferin passte. Als Zeichen seiner Liebe sollte er Ellas Stiefel ablecken, was er auch tat. Dann kam der Strauß ins Bild, der auf dem Tisch in Ellas Zimmer stand.

„Wissen wir schon, um wen es sich in diesem Video handelt?" Carmen sah Dietmar von der Seite an und der schüttelte verneinend den Kopf. Er hatte den Hinweis auf die Filme von einer Studentin erhalten, deren Freund ebenfalls darin zu sehen war.

„Versuchst du bitte herauszufinden, wer diese

24

Männer sind. Am wichtigsten erscheint mir der aus dem zuletzt eingestellten Video." Dietmar nickte Carmen zu und setzte sich an seinen Schreibtisch.

Eine Stunde später kamen auch Lars und Peter zurück in die Dienststelle. Lars hatte nicht nur den Namen des jungen Mannes, Herbert Krohm, er hatte diesen auch gleich mitgenommen und ins Verhörzimmer gebracht.

Es folgte ein kurzes Briefing. Dann kam ein Anruf von der KTU. Auf dem Taschentuch, das Klaus Meinert sichergestellt hatte, konnte DNA nachgewiesen werden. Lars sah in die Runde und sagte dann: „Vielleicht ist der Herr Krohm ja zu einem Abgleich bereit." Dann gingen er und Peter in den Verhörraum.

„Natürlich können Sie von mir eine Speichelprobe bekommen. Ich habe ja nichts zu verbergen!" Herbert Krohm ließ die Laborantin ihre Arbeit machen und sah dann Lars Wessels an. „Sind sie jetzt zufrieden?", fragte er ihn dann.

„Noch nicht ganz. Wir haben am Tatort, direkt neben der Leiche ein Herrentaschentuch gefunden. Die darauf befindliche DNA wird jetzt mit ihrer verglichen und dann sehen wir weiter." Peter registrierte sofort, dass Krohm ganz blass wurde und setzte nach.

„Vielleicht reicht es ja auch, wenn wir ihm das Taschentuch zeigen. Wenn es tatsächlich ihm gehört stellt sich nur noch die Frage, wann er es verloren hat."

„Ich habe sie nicht umgebracht! Als ich gegen zweiundzwanzig Uhr gegangen bin, da lebte sie noch." Herbert Krohm rang verzweifelt nach Fassung, aber dann weinte er hemmungslos und sagte immer wieder: „Ich war es nicht."

Lars brach das Verhör ab und sie ließen den jungen Mann unter Aufsicht im Verhörraum sitzen. Sie gingen zurück in das Büro, um sich mit den anderen zu besprechen.

„Haben wir alle ausfindig gemacht?", wollte Peter wissen und sah Carmen und Dietmar an. Die nickten beide zustimmend. PolizeibeamtInnen versuchten die Männer aus den zehn Videos, die Ella gefilmt hatte, abzuholen und auf das Revier zu bringen. Auch deren aktuelle Freundinnen sollten sich hier einfinden.

Dietmar hatte aus diesem Grund noch einmal mit der Studentin telefoniert, die ihm den Tipp mit den Videoaufzeichnungen gegeben hatte. Auch sie wurde einbestellt. Aber vorher hatte sie ihm noch etwas Wichtiges gesagt.

„Leute, alle mal herhören!" Dietmar war ganz aufgeregt und alle sahen ihn gespannt an. „Es hat im Zusammenhang mit den Videos bereits einen Zwischenfall gegeben. Einen Suizid."

„Einer der Männer?", fragte Lars nach, doch Dietmar schüttelte verneinend den Kopf. „Die Freundin des ersten Video-Opfers hat diese Peinlichkeit und die daraus resultierenden Anzüglichkeiten und das Mobbing nicht ausgehalten. Sie fühlte sich gedemütigt, nicht nur von ihrem Freund und wollte sich vor einem halben Jahr eine Auszeit nehmen. Auf der Fahrt zu ihren Eltern nach Köln hat sie sich beim Umsteigen vor einen einfahrenden Zug geworfen."

Für einen Moment herrschte betretenes Schweigen im Büro der Mordkommission. Carmen hatte sich als erste wieder gefangen. „Da hätten wir ja ein starkes Motiv und in diesem Fall käme nicht nur der Freund als Täter infrage. Es könnte auch ein Elternteil oder Geschwister involviert sein. Aber warum erst nach einem halben Jahr?"

„Sie haben erst vor Kurzem vom wahren Grund des Selbstmordes ihrer Tochter erfahren. Seit dem gab es wohl mehrere Drohungen sowohl gegen Elaine als auch gegen den Ex-Freund. Klaus konnte sowohl den Laptop als auch das Handy freischalten."

„Konnte er feststellen, woher die Droh-Mails gekommen sind?" Lars schaute Dietmar erwartungsvoll an.
„Negativ. Das ist über einen VPN-Server gelaufen." Dietmar zuckte mit den Schultern.
Lars sah ihn etwas ratlos an: „VPN?"

„Ja", sagte Carmen, „das ist ein sogenanntes virtuelles privates Netzwerk, das deinem Computer eine neue IP-Adresse gibt und deine Daten verschlüsselt. So kannst du in Hamburg am PC sitzen, aber das Ganze läuft über einen Server in Amsterdam."

Peter Weigand schaute in die Runde und gab dann seine Anweisungen: „Dietmar, du nimmst Kontakt zu den KollegInnen in Köln auf. Die sollen die Alibis der Familie überprüfen. Carmen übernimmst du bitte den Termin in der Gerichtsmedizin. Lars und ich werden die ersten Vernehmungen durchführen."

Carmen machte sich auf den Weg zur Rechtsmedizinischen Abteilung. Sie befand sich im gegenüberliegenden Gebäude und, wie so oft, natürlich im Keller.

Sie mochte die besondere Atmosphäre dieser kühlen, unbeliebten Räume. Sicherlich wirkten sie auf viele Menschen abstoßend, schließlich wurden hier aus den verschiedensten Gründen Leichen geöffnet und untersucht. Aber Carmen genoss die Stille, die hier herrschte und bekam in den kahlen, langen Gängen die zum Sektionssaal führten, einen klaren Kopf.

Gesine Pieskowa, die Gerichtsmedizinerin legte gerade die letzten Organe zurück in den Körper. Ihr Assistent füllte einige Lücken mit Zellstoff, um so den Körper wieder in seine natürliche Form zu bringen. Danach konnte er den Leichnam von Ella verschließen und zurück in die Kühlkammer bringen. Am frühen Abend wollten Ellas Eltern kommen, um ihre Tochter zu sehen. Sie konnten das ganze Ausmaß dieser Tragödie noch gar nicht ermessen.

Gesine fragte erst einmal nach Carmens Befinden. Sie machte sich Sorgen wegen des morgendlichen Zusammenbruchs. Aber Carmen versicherte ihr, dass es wirklich „nur" ein autistischer Overload war.

Der Assistent kam mit dem Ergebnis der toxikologischen Untersuchung und übergab den Bericht an Gesine. Diese konnte Carmen jetzt ausführlich Auskunft über die Todesursache geben.

Demnach gab es weder im Blut noch im Urin Hinweise auf Drogenmissbrauch oder irgendwelche Medikamente, auch nicht in den Haaren der Toten. Der Tod war etwa gegen zweiundzwanzig Uhr dreißig eingetreten, und zwar durch einen massiven Stoß mit der Schere direkt in das Herz.

„Es gibt keine Anzeichen eines Kampfes oder einer Gegenwehr. Das Opfer muss völlig ahnungslos gewesen sein, als der Täter oder die Täterin von Hinten auf sie eingestochen hat. Es handelt sich hier möglicherweise um einen Linkshänder. Darauf deutet zumindest die Ausführung des Stoßes hin. Der oder die TäterIn dürfte in etwa dieselbe Körpergröße haben wie das Opfer. Die junge Frau war jedenfalls auf der Stelle tot."

Carmen bedankte sich bei Gesine und machte sich auf den Rückweg. Sie ging sehr langsam und als aus dem Gebäude trat, da sah sie lange in den Himmel und holte tief Luft. Bevor sie ins Büro ging, machte sie noch einen kleinen Umweg zu Klaus Meinert von der Spurensicherung und fragte nach der Tatwaffe.

„Es gab keinerlei brauchbare Fingerabdrücke auf der Schere. Sie wurde nach der Tat abgewischt, darauf deuten Faserspuren hin." Klaus zuckte mit den Schultern und sah Carmen an.

„Während die Schere noch im Opfer steckte. Das ist kaltblütig!" Carmen schüttelte sich und dankte Klaus für die gute Arbeit.

Als sie in die Diensträume zurückkehrte, waren Lars und Peter gerade mit der ersten Vernehmung durch und Dietmar hatte eine Rückmeldung von den KollegInnen aus Köln erhalten. Die hatten sofort nach seinem Anruf die Alibis der Familie überprüft, deren Tochter aufgrund des Videos Suizid begangen hatte.

„Also, die Eltern aus Köln, die können wir ausschließen. Die waren zusammen mit dem Sohn den ganzen Abend auf einer Firmenveranstaltung. Es gibt dutzende Fotos und Videoaufnahmen." Dietmar zuckte wie immer mit den Schultern.
„Die Eltern sind um drei Uhr in der Frühe mit einem Taxi nach Hause gefahren. Der Sohn ist allerdings ab zirka zweiundzwanzig Uhr nicht mehr zu sehen. Auch sein Handy war mit einer kleinen Ausnahme bis in den frühen Morgen ausgeschaltet."

„Was war das für eine Ausnahme?", wollte Carmen wissen.

„Es war gegen dreiundzwanzig Uhr noch einmal für zwei oder drei Minuten in der Kölner Innenstadt eingeschaltet." Dietmar wollte sich umdrehen und gehen, aber Carmen hatte noch eine Idee.

„Dann sollen die Kollegen in Köln noch einmal überprüfen, was an diesem Standort besonderes ist. Vielleicht ein Taxistand, eine Haltestelle oder ein Imbiss. Alles im Umkreis von maximal fünfhundert Metern könnte von Bedeutung sein. Aber das erledigst du morgen früh. Schönen Feierabend."

Die Polizeichefin kam zusammen mit Vilma durch die Tür und die Hündin lief gleich schwanzwedelnd zu Carmen, die sich hinhockte und Vilma freudestrahlend streichelte. „Wir haben sogar einen langen Spaziergang während meiner Mittagspause gemacht." Die Polizeichefin lächelte Carmen an, die ihrerseits kurz über die Obduktionsergebnisse berichtete.

Peter Weigand blickte die KollegInnen an und sagte dann: „Für heute ist Schluss. Die Anderen kommen morgen zur Vernehmung. Ihr könnt nach Hause gehen."

Carmen legte Vilma die Leine an und verabschiedete sich, als ihr Telefon klingelte. Die Eltern von Ella waren eingetroffen und wollten ihr totes Kind sehen. Peter schüttelte den Kopf. Er wusste genau wie angespannt seine Kollegin war.

„Das übernehme ich. Ihr beide geht jetzt auch, es war ein langer Tag." Er klopfte Carmen vorsichtig auf die Schulter und begleitete sie zur

Tür. Dann ging er die Treppe hinunter, um Ellas Eltern am Eingang abzuholen und mit ihnen zusammen den schweren Gang zur Gerichtsmedizin zu gehen.

Ellas Mutter weinte und schluchzte die ganze Zeit über. Sie war Mitte Fünfzig und man sah genau, woher Ellas Aussehen kam. Dass wunderschöne Antlitz der Mutter wurde durch ein paar Fältchen noch anmutiger. Der Vater machte eher einen ruhigen, nicht sonderlich traurigen Eindruck auf Peter. Er gab beiden die Hand und drückte sein Beileid aus, dann führte er sie über den Platz zum Gebäude auf der anderen Seite.

Doktorin Pieskowa war extra länger in ihrem Büro geblieben und hatte auf die Eltern gewartet. Als Peter Weigand mit dem Ehepaar kam, sprach sie ihnen ebenfalls ihr Mitgefühl aus und führte sie dann zum Leichnam ihrer Tochter. Der Rolltisch stand in einem kleinen, kahlen Raum vor den Türen der Kühlkammern.

Sie schlug das blaugraue Leinentuch zurück, sodass Ellas Gesicht zu sehen war. Von ihrer natürlichen Schönheit war nichts verschwunden, auch wenn sie jetzt blass und ungeschminkt war. Jetzt brachen auch beim Vater alle Dämme und er wäre beinahe zusammengebrochen. Peter stützte ihn, der nun seine ganze Trauer zulassen konnte und hemmungslos anfing zu weinen.

Zurück im Büro stellte Ellas Vater eine Menge Fragen. Sowohl was die Hintergründe der Tat betraf als auch danach, wann sie ihre Tochter zur Beerdigung abholen lassen konnten.

Peter deutete ganz vorsichtig die eingestellten Videos an und die Eltern erschraken. Eine solche Seite kannten sie von ihrer Tochter nicht.

„Vermuten sie den Täter oder die Täterin unter diesen Männern oder ihren Freundinnen?" Ellas Vater schüttelte immer noch den Kopf. Er konnte nicht fassen, was seine Tochter gemacht hatte. Was hatte dazu geführt? Geltungssucht? Machtdemonstration? Was hatten sie in der Erziehung nur falsch gemacht? Hatten sie Ella zu viel Freiraum gelassen? Fragen über Fragen zermarterten seinen Kopf.

Jetzt sagte zum ersten Mal auch Ellas Mutter etwas zu Peter Weigand.
„Versprechen sie mir, dass sie diesen Men-

schen fassen, der meiner Tochter das angetan hat! Auch wenn sie sich völlig falsch verhalten hat, rechtfertigt das keinen feigen Mord."

„Ich kann ihnen nur Versprechen, dass ich und wir alles in unseren Händen liegende dafür tun werden, diesen Mord aufzuklären. Ich würde lügen, wenn ich ihnen das andere Versprechen geben würde." Peter war Realist genug, um zu wissen, dass nicht jeder Täter gefasst wurde.
Er fuhr Ellas Eltern noch in ihr Hotel und verabschiedete sich.

Gegen zweiundzwanzig Uhr klingelte es bei Carmen. Vilma war schon einige Minuten vorher unruhig hin und her gelaufen, obwohl sie gerade erst vom Abendspaziergang zurückgekommen waren.

Vor der Tür stand Vilmas Frauchen Carola Berger und wollte sie abholen. Die Operationen waren schwierig gewesen, aber ausnahmslos erfolgreich. Ein Kollege hatte sie schließlich abgelöst, sodass sie früher als erwartet nach Hause konnte.

Vilma hatte ihr Frauchen schon sehr viel früher wahrgenommen und war deshalb so aufgeregt gewesen. Sie lief Schwanzwedelnd auf sie zu und schaute gleichzeitig immer wieder zu Carmen.

Die schlug Carola vor, dass sie Vilma gerne betreuen wolle, wenn Carola terminlich gebunden war. Sie erzählte, wie gut ihr die gemeinsame Zeit mit Vilma getan hat. Also eine Win-win Situation für beide Frauen und Vilma.

Am nächsten Morgen musste Carmen zur Mammografie und ihre Schwester begleitete sie, um die bürokratischen Angelegenheiten zu erledigen. Sie hatte eine Vollmacht von Carmen erhalten, um ihr solche Dinge abzunehmen.

Ihre Schwester wies das medizinische Personal darauf hin, dass Carmen Autistin sei und sie bitte auf jede Art von Smalltalk und unnötige Berührungen verzichten sollen. Der Termin allein war für Carmen schon stressig genug.

Es dauerte dieses Mal ungewöhnlich lange und Carmen, die vor der Praxis wartete, wurde schon ganz unruhig. Ihre Schwester ging noch einmal zur Anmeldung und fragte, warum es nicht voranginge.

„Wir haben zwei Notfälle hereinbekommen, da muss ihre Schwester schon mal ein bisschen warten. Wenn ihnen das nicht gefällt, dann können wir ja einen neuen Termin ausmachen oder sie suchen sich eine andere Praxis." Die Angestellte sprach sehr unfreundlich und genervt.

Carmens Schwester sagte nur, dass sie sich darauf verlassen könne, das sie beide sich eine andere Praxis suchen werden, aber nicht ohne sich vorher schriftlich über das Verhalten des Personals zu beschweren.

Als sie aus der Praxis kam, war von Carmen nichts zu sehen. Erst als sie auf den Fußweg hinaustrat, sah sie ihre Schwester in einiger Entfernung. Als sie Carmen endlich eingeholt hatte, war sie ganz aus der Puste und musste erst einmal kräftig Luft holen, bevor sie fragen konnte, was geschehen war.

„Die blonde Helferin ist herausgekommen und hat mich immer wieder angesprochen »Frau Siebert, Frau Siebert« und mir dabei auch noch mehrmals auf die Schulter geklopft. Da habe ich einen Overload bekommen und bin weinend vom Gelände gelaufen."

Carmen kannte diese Diversitätsunfähigkeit neurotypischer Menschen zur Genüge. Immer wieder wurde ihr durch uninformierte medizinische Angestellte Schaden zugefügt.

Carmen wurde von ihrer Schwester noch zur Dienststelle gebracht und sie versprach ihr, eine deftige Beschwerde zu formulieren, denn wozu weist man im Vorfeld auf die besondere Situation hin, wenn sich niemand daran hält?

Carmen hatte für solche Fälle, die zu Overloads und Retraumatisierungen führten, immer Tabletten dabei, die ihr vom Psychiater verordnet worden waren. Als sie das Büro betrat, ging es ihr schon wieder besser. Sie war erstaunt, dass Bernadette auch anwesend war, freute sich aber sehr darüber.

„Bist du schon wieder fit?", fragte Carmen ihre Kollegin und Abteilungschefin. Diese nickte ihr zu und da sie sah, dass es Carmen nicht gut ging, ließ sie die Kollegin einfach in Ruhe ankommen.

„Du bist spät dran." Lars musste wieder einmal seinen Kommentar abgeben. „Peter und Dietmar vernehmen schon den nächsten Videostar. Wir können uns gleich mit der Freundin von Herbert Krohm unterhalten."

Bernadette reichte Carmen erst einmal einen Becher Kaffee und bat Lars darum, vorauszugehen und Carmen noch einen Moment Zeit zu lassen. „Soll ich die Vernehmung übernehmen, dann kannst du dich in Ruhe um die Protokolle kümmern und unsere Fallwand aktualisieren."

Carmen nickte Bernadette dankbar zu und war froh darüber, dass wenigstens ihre Kollegin ein besseres Gespür für die Situation hatte.

Während Bernadette die Büros in Richtung Vernehmungszimmer verließ, drehte Carmen sich zu ihrem Bildschirm um. Sie las die bereits vorhandenen Protokolle und druckte diese aus, damit sie unterschrieben werden konnten.

Dann widmete sie sich der großen Glaswand mit den Fotos vom Opfer, vom Tatort und von den Personen, die irgendwie im näheren Zusammenhang mit der Tat standen. Also die jungen Männer, die in den Videos auftauchten und deren Partnerinnen.
Auch die Eltern und der Bruder des durch Suizid ums Leben gekommenen Mädchens wur-

den von Carmen an der Wand namentlich erwähnt.

Peter und Dietmar saßen einem der Männer aus den Videos im Verhörraum gegenüber.
„Diese Aufnahmen im Netz, dass muss doch ganz schön peinlich für sie gewesen sein. Da kann einem schon mal die Sicherung durchbrennen und weil die Angebetete das Video nicht löschen will, gerät man in Streit und der endet Tödlich." Peter sah dem jungen Mann tief in die Augen.

„Nicht wirklich. Wer sich auf Ella eingelassen hat, der wusste, was ihm passieren konnte. Warum also sollte ich sie, drei Monate nachdem sie den Film eingestellt hat, umbringen? Das ergibt doch gar keinen Sinn. Ich bin halt auch auf sie hereingefallen, wie die anderen auch. Vielleicht steht sie ja auf Frauen oder ist als Kind missbraucht worden. Wer weiß denn schon woher solche Anwandlungen kommen."

Der junge Mann war ganz klar, was die Sache mit Ella und den Videos betraf. Lars stand vor dem Fenster im Nebenraum und nickte mehrmals langsam mit dem Kopf.
Er konnte den Ausführungen folgen, auch

wenn ihn das gesamte Verhalten befremdete.

Dieser Mann hatte zwar für die Tatzeit kein Alibi, er konnte aber trotzdem nach Hause gehen. Allerdings durfte keiner von ihnen die Stadt verlassen und musste jederzeit erreichbar sein.

Bernadette sah die junge Frau direkt an und sprach dann ganz ruhig und sachlich mit ihr. „Wussten sie von dem Kontakt ihres Freundes Herbert Krohm zu Ella Basing?" Miriam Brendel schüttelte den Kopf.

„Ich habe gestern Morgen das Video geschickt bekommen und wäre vor Scham fast im Erdboden versunken. Wie konnte er mir so etwas antun? Er hat ja nicht nur sich, sondern auch mich vor der ganzen Uni lächerlich gemacht." Miriam bekam einen Weinkrampf und Bernadette ließ ihr eine Beruhigungstablette kommen.

Aber trotzdem konnte die Befragung nicht fortgeführt werden. Lars ließ ein Taxi kommen, das Miriam nach Hause fahren sollte.

Dietmar und Peter waren bereits wieder im

Büro als Lars und Bernadette eintraten. Dietmar wandte sich Carmen zu, er hatte ihr noch etwas zu berichten.

„Mensch Carmen, du hast mal wieder den richtigen Riecher gehabt mit dem Bruder aus Köln." Alle sahen Dietmar erwartungsvoll an. „Dort wo das Handy geortet wurde, gibt es einen Car-Sharing-Parkplatz mit drei Fahrzeugen. Die Nachfrage beim Anbieter hat ergeben, dass zu dieser Zeit ein Kunde dort einen Wagen gebucht hat." Dietmar machte eine kleine Pause, um die Spannung zu erhöhen.

„Es war ein Freund von diesem Bruder. Allerdings ist das Fahrzeug mit dem Handy vom Bruder der Toten geöffnet worden. Die App ist darauf installiert. Er war aber nicht hier, sondern in Holland, um Drogen zu kaufen. Die KollegInnen der Drogenfahndung sind dir für die Amtshilfe unendlich dankbar." Für einen Moment lachten alle, aber dann wurden sie wieder ganz ernst.

„Das hilft uns leider nicht weiter.", Bernadette schaute sich die Fallwand an. Sie hatte ja heute Morgen erst von der Tat erfahren und sich gleich in die Akten eingelesen. „Wir fangen wieder bei null an", resümierte sie und schaute ihre KollegInnen nachdenklich an.

Carmen ging immer und immer wieder die Aussagen der jungen Männer und ihrer Partnerinnen durch, sie mussten etwas übersehen haben. Aber was?

Sie bat Peter mit ihr noch einmal zum Tatort zu fahren. Carmen ging in das Zimmer, in dem das Video entstanden ist, dann schaute sie auf den Blumenstrauß, der unbedingt frisches Wasser brauchte und ging von dort aus in den Flur zur Eingangstür. Hier war die Ella von hinten erstochen worden.

Hatte der Täter oder die Täterin die Schere mitgebracht oder gehörte sie Ella? Wenn sie dem Opfer gehörte, wo lag die Schere dann vor der Tat? Carmen gingen so viele Fragen im Kopf herum. Sie sah Peter an und fragte ihn:

„Wenn du erfährst, dass deine Partnerin sich auf so einen Typ eingelassen hat, der seine Macht über Frauen demonstriert, indem er sie bloßstellt, was würdest du machen?"

Peter musste nicht lange überlegen: „Bei mir

würde eine Sicherung durchbrennen und dann wäre ich nicht mehr zu halten. Ich würde den Typ zur Rede stellen und ihn wahrscheinlich verprügeln."

„Genau. Du und ich, wir würden ganz emotional reagieren. Die Männer wissen, worauf sie sich bei Ella eingelassen haben, aber die Frauen erfahren davon erst im Nachhinein und reagieren dann ganz unterschiedlich."

Carmen war sicher, dass es sich um eine Mörderin handelte und diese unter den neun Frauen zu suchen war, deren Freunde in den Videos auftauchten.

„Carmen, du hast recht. Die eine wird damit nicht fertig und bringt sich um. Andere sehen das locker und die stört der ganze Rummel nicht. Wieder andere trennen sich von ihren Freunden." Peter nickte seiner Kollegin zu.

„Eine zieht das so runter, sie greift zur Schere und …" Carmen hielt inne. „Wir brauchen alle neun Frauen noch einmal zum Verhör und diesmal bin ich dabei."

Bernadette war nicht wirklich überrascht von

Carmens Ausführungen. Sie kannte sie mittlerweile sehr gut und wusste, dass die Kollegin immer noch etwas anders auf die Fälle schaute, als die KollegInnen.

Das war eine ihrer besonderen Fähigkeiten, die ihr Autismus mit sich brachte. Die Kunst einen gänzlich anderen Blickwinkel und eine viel tiefere Wahrnehmung zu haben.

Alle Frauen wurden im Abstand von dreißig Minuten zur Befragung einbestellt. Carmen war bei jedem Verhör dabei, während sich die anderen abwechselten.

Als erste war die Freundin von Herbert Krohm, Miriam Brendel, noch einmal an der Reihe. Ihre Befragung musste beim letzten Mal abgebrochen werden und sollte jetzt zu Ende geführt werden.

„Was ist das für ein Gefühl, wenn man erfährt, dass der eigene Freund eine andere Frau begehrt?" Carmen begann ungewöhnlich ruhig ihre Fragen zu stellen.

Miriam liefen gleich wieder Tränen über das Gesicht und sie musste mehrmals schlucken.

„Ich habe immer geglaubt, dass bei uns alles gut läuft. Er hat sehr oft bei mir übernachtet, was eigentlich nicht gestattet ist, aber uneigentlich von allen so praktiziert wird. Einige Paare haben die Räume zusammen bewohnt und sich die Miete geteilt. Aber das er sich zu Ella hingezogen fühlte, das habe ich nicht gewusst."

Sie fing an zu schluchzen und zu weinen, dann bat sie darum, die Befragung abzubrechen, da es ihr nicht gutgehe.

„Nein!" Carmens Stimme klang wie ein Schwerthieb und selbst Bernadette war darüber erschrocken.

„Sie können gehen, wenn wir die Befragung beendet haben. Es sei denn, die Verdachtsmomente gegen sie erhärten sich."

Carmen war wieder ganz die autistische Polizistin: Klar und ohne jegliche Gefühlsregung in ihren Ansagen. Sie duldete in dieser Phase keinerlei Widerspruch und ihr Gegenüber verstand das auch sofort.

„Also, wann haben sie von diesem Video erfahren?" Carmen sah Miriam einfach nur ganz ernst an und wartete auf ihre Antwort.

„So gegen acht hat mir jemand das Video geschickt. Ich habe gerade Kaffee getrunken und mir ist beinahe die Tasse aus der Hand gefallen."

Miriam war mit ihrem tränenreichen Auftritt entweder eine gute Schauspielerin oder sie hatte den Ernst der Lage erkannt und riss sich jetzt zusammen.

„Aber sie haben es schon viel früher gewusst und die Tatsache, dass es eine ernst zunehmende Rivalin gab verdrängt, oder?" Carmen wusste genau, dass sie jetzt nicht nachlassen konnte.

„Nein", ich wusste nichts von seinen Anwandlungen." Miriam wurde zusehends nervöser.

„Aber als sie den Blumenstrauß gesehen haben, der nicht für sie bestimmt war, da wurde ihnen klar, dass es eine andere gibt." Bernadette sah fasziniert von Carmen zu Miriam. Ihre Kollegin war so richtig in ihrem Element.

„Ich wusste doch vorher gar nichts von dem Blumenstrauß. Den habe ich doch erst im Video gesehen. Woher sollte ich denn wissen, dass der von Herbert war?" Miriam wurde jetzt wütend, sie fand die Unterstellungen unverschämt.

„Aber sie haben sich doch vor der Tat bei ihrer Kommilitonin über den Strauß aufgeregt." Miriam zuckte zusammen und Carmen wusste, dass sie einen Volltreffer gelandet hatte.

„Hat Zoe die blöde Kuh wieder mal den Mund nicht halten können?" Da war es ausgesprochen.

„Also wussten sie doch von den Blumen." Jetzt wollte Carmen die junge Frau zum Reden bringen.

„Ja, aber das wissen sie ja schon, weil Zoe nie die Klappe halten kann." Miriam schmollte.

„Wer ist diese Zoe und wie lautet ihr vollständiger Name? Sie wird uns einige Fragen beantworten müssen." Carmen nahm einen Stift zur Hand und Peter, der im Nebenraum stand, machte eine Faust und dachte: Ja, sie ist die Beste.

„Aber sie haben doch schon mit ihr gesprochen, sonst wüssten sie das mit dem Strauß doch gar nicht." Jetzt war es mit Miriams Ruhe endgültig vorbei.

„Nein", sagte Bernadette, „meine Kollegin hat die Vermutung angestellt, dass sie ihrem Ärger über den nicht für sie bestimmten Strauß bei einer Freundin abgeladen haben."

„Ich wollte sie nicht umbringen, dass müssen sie mir glauben. Ich habe Herbert mit den Blumen gesehen und mich gefreut, dass er an unseren Kennenlerntag gedacht hat. Aber er meldete sich nicht bei mir. Kurz nach zweiundzwanzig Uhr hat Zoe mich auf das Video aufmerksam gemacht, da bin ich zu Ellas Zimmer gelaufen und habe sie zur Rede gestellt." Miriam machte eine Pause und trank einen Schluck Wasser.

„Sie hat mich ausgelacht und aufgefordert, ihr Zimmer zu verlassen, sonst würde sie gleich noch ein weiteres Video posten. Das von der weinerlichen Freundin. Sie ging dann voraus zur Tür und da lag diese Schere auf der Garderobe. Ich habe sie genommen und einmal zugestochen. Dann bin ich aus dem Zimmer gerannt und habe mich in meinem Bad übergeben." Miriam war erschöpft und erleichtert.

Bernadette nickte und meinte dann, dass es sich um eine Tat im Affekt handeln und es vom Richter wahrscheinlich keine so lange Haftstrafe geben würde.

„Das wage ich zu bezweifeln!" Carmen war ganz ernst und sah Miriam mit einem Blick an, der sie frösteln ließ. Auch Bernadette sah ihre Kollegin an und überlegte, was Carmen noch für einen Trumpf im Ärmel hatte.

„Sie haben das Zimmer nicht fluchtartig verlassen. Im Gegenteil, sie haben sehr rational gehandelt. Als Erstes haben sie das Taschentuch von Herbert Krohm benutzt, um ihre Fingerabdrücke von der Schere abzuwischen. Dann haben sie dieses Taschentuch unter das Schuhregal neben der Leiche platziert. Alles sollte auf ihren Freund hindeuten. Sie wollten sich rächen, indem sie ihm den Mord anhängen. Unsere kriminaltechnische Untersuchung hat aber ihre DNA auf dem Taschentuch und Faserspuren an der Schere gefunden. Möchten Sie noch etwas dazu sagen?"

Miriam schüttelte den Kopf und ließ sich abführen. Bernadette sah Carmen an und nickte anerkennend. „Das mit dem Blumenstrauß wäre mir nicht eingefallen. Sehr gute Arbeit."

Peter verließ den Nebenraum und lächelte Carmen an. „Ich sage doch immer: Du bist die Beste!"

Carmens Handy klingelte. Es war Carola, ihre Nachbarin, die dringend für den Abend einen Hundesitter für Vilma brauchte.

„Nichts lieber als das. Ich freue mich schon auf den Spaziergang. Bis nachher." Carmen lächelte. Sie wusste, das wird ein schöner Abend.

Rolf Horst schreibt seit 2023 über die Themen Autismus, Trauma, Sucht und Klimawandel. Seine Bücher sind bei tredition erschienen. Diese Themen greift er auch bei seinen Krimis und Dramen auf.

Biografische Erzählungen:
ASS – Autismus-Spektrums-Segnung
Vererbtes Trauma – Gelebte Sucht
Utopien: Ein Zimmer für Autisten
Dramen:
Keine Rücknahme
Kannst Du bleiben?
Kämpfen wir für Deine Gesundheit….
Ich nehme dich mit
Seit wann heißt du Moritz?
Erfahrungsberichte:
Die Ignoranz der Lemminge
Der Schrebergarten Clan
Dystopien:
Stromsucht – der kalte Entzug durch
Stromausfall
Überleben in einer neuen Wirklichkeit
Klimawandel und vieles mehr:
Klima, Krankheiten und andere Katastrophen
oder
der Sommer, als Jule kam
Jule gibt nicht auf

Krimis:

Bisher sind vier Kriminalromane über die autistische Hauptkommissarin Carmen Siebert erschienen:

Der Tod vertritt meine Interessen

Stirb, denn du hast mich getötet

Sieht man mir den Mörder an?

Blutige Niete

Weiterhin sind bisher sechs Fantasy-Krimis über Rogolf den Barden erschienen.

Von Nieke Horst sind 2024 die Bücher „Böse Essays" und "Autistische Essays – Gedanken einer alten Autistin" bei tredition erschienen.

So erreichen Sie die AutorInnen:

niekehorst@freenet.de

rolfhorst1@freenet.de

FSC
www.fsc.org
MIX
Papier | Fördert
gute Waldnutzung
FSC® C083411

Zeitfracht Medien GmbH
Ferdinand-Jühlke-Straße 7
99095 Erfurt, Deutschland
produktsicherheit@kolibri360.de